# 四季に寄り添う

佐藤映二

# 目次

随想

# ベートーヴェンと人類と

ベートーヴェン生誕二五〇年に当った二〇二〇年は、それにちなむテレビ番組を視聴する機会が俄然多かった。一般的には、識者への取材がどんなに意を尽しても語りきれないのが、芸術家の世界の大きさであろう。そんな中で、指揮者・広上淳一と俳優・稲垣吾郎との対談を軸に展開したＮＨＫの「クラシック音楽館」は興味深かった。広上が、「一言で言うなら」と前置きして、「一音楽家としてではなく、地球人として自分はどう生きたいか、人にどう生きて欲しいかを問うような音楽を創ったのが彼だ」と明言したことに感銘した。対する稲垣も、自ら「舞台No.９―不滅の旋律―」で主役を演じ、この年の十二月にその再々演を控えてもいたせいか、対談の結びに「コロナ禍の救世主とも思って、彼の人間性、彼の人間臭さが愛おしい」と語っていた。

ベートーヴェンが、耳疾の障害を乗り越える決意をその遺書で誓ったからこそ交響曲「英雄」で従来のパターンを打破し、その後も新たな試みに挑戦し続けたその生涯―、そういう彼への敬意が、番組を通して感じられた。

わが青年期に繙いたロマン・ロランの『ジャン・クリストフ』に始まり、『ベートーヴェン　偉大な創造の時期』シリーズにも大雑把ながら目を通した日々が、走馬燈のようによみがえる。

# 岩波新書は人生の羅針盤

『岩波新書解説総目録　1938-2019』は、三八〇〇点余りの新書の内容が簡潔に紹介されている本だが、初期のものでは、『万葉秀歌（上）』（斎藤茂吉）、『ベートーヴェン』（長谷川千秋）、『ミケルアンヂェロ』（羽仁五郎）など、筆者の青春時代を豊かにしてくれたものも多い。『わが戦後俳句史』（金子兜太）も座右にある。その解説に曰く、「『朝はじまる海へ突込む鷗の死』―銀行勤めをしながら、俳句専念の人生を生きるべく肚をくくったときにできた句」。同じ銀行員の、中途半端であった筆者にはグサリと来る。また、『ぼんやりの時間』（辰濃和男）の解説には「常に時間に追われ、効率を追い求める生き方が、現代人の心を破壊しつつある」ともある。

同新書の一冊、俳誌「岳」主宰・宮坂静生の『季語の誕生』の解説より引く。「従来は、花・月・雪などの題目が揃った平安時代の美意識に起源をもつといわれてきた。しかし、季語誕生の底流には、縄文人以来長い間に蓄積された生活意識が民俗的伝承としてあったのではないか」。文字の記録の無かった縄文時代にまで遡って季語の淵源を求める、その壮大なロマン。異論はあろうが、平安貴族の歌語からという定説に対し、原初的なアニミズムへの志向をもつことを提案したのは画期的であった。

これからも、人生の羅針盤たる同新書の恩恵に浴してゆきたい。

## 「狼森と笊森、盗人森」の紙芝居の旅

宮沢賢治原作の紙芝居の一つに「おいの森とざる森、ぬすと森」（脚本・国松俊英、画・福田庄助、童心社）がある。近所の子ども文庫の大人気で、演じるたびに角から磨り減ってくる。これを、原寸の四倍大に模写・彩色した厚紙の紙芝居に製作しなおしたところ、大きな会場でも好評だった。

一九九八年の秋のこと、この大型紙芝居を手造りの木枠に納めて布袋に包み、国際交流基金の後押しで、、ルクセンブルグを皮切りに、フランクフルト、チューリッヒ、ミラノの各日本人学校にお目見えの機会に恵まれた。ミラノに向かう特急列車がイタリアとの国境に近いルガーノ駅に停車、乗り込んできた税関史二人が、例の粗布にくるんだ荷物を見

つけ険しい目付きでこれを開けよ、と。その素人っぽい絵に苦笑いして退散する一幕もあった。

これと前後するが、森繁久彌にこの童話のテレビ出演がきた。収録は、正面に岩手山を望む小岩井農場の一角。岩手山を背に小学生数人が座る。「ここで畑起こしてもいいかあ」などと森に許しを請う森繁の声に、間髪を入れず、児童たちは「森」たちに成り代わって「いいぞお」「よーし」などと答え、聞き役にとどまらず、劇に参加したのである。このスタイルをいつか私も取り込んだところ、会場との一体感が深まり好評だったようだ。

# モーツァルトの〈死〉への姿勢

新型コロナウイルスの感染者数が一都三県（神奈川・埼玉・千葉）で全国の半数に達し、医療体制の逼迫度が増すなか、緊急事態宣言が再び発令されたのは、つい三年程前のことである。気管支拡張症の持病を持つ身でもある自分としては、あらためて、モーツァルト自身の「死」に対する受け止め方を確かめておきたくなった。当時三十一歳の彼が、重い病の床にある父に宛てた長い手紙がある。

「〈死〉は、正確にこれを押さえるなら、真っ当な生の究極の目的です。ここ数年というもの、私は、人間の真実でかつ最良の、この友である〈死〉と正面から向き合ってきました。ですから、死神の姿は、もはや私には一向に怖くないどころか、逆に気持を寛がせ、安堵させてくれる存在でさえあります。自分が明日はもう、この世に居ないかも知れない、そう考えずに床に就くことは決してありません—まだまだ若いのをよく承知の上で。」

この五年後、彼が三十六歳の死の床で残した指示に従って、弟子の手により完結をみたのが、鎮魂ミサ曲「レクイエム」である。

私事だがこの手紙のガリ版刷りを五〇部ほど作り、東京楽友協会（主宰・指揮　濱田徳昭、一九五九年創立）の演奏会に向けて、合唱仲間に配った私は三十歳そこそこだった。

# 囀りに酔うということ

我が町松戸と千葉を結ぶ新京成電鉄のとある駅から徒歩五分ほど。その寺院の本堂は表門から百メートルほど入った奥にあり、春になると、梅・桃・桜が矢継ぎ早に咲く。御詠歌教室の開かれる一室もあるが、何時訪ねてもひっそりしていて、吟行に持って来いだ。

つい先日、その一室の東に面した濡れ縁に弁当を使っていると、囀りが繁くなり、鶫が一羽、十メートルも離れていない櫟の枝から降下するかとみるや、すぐUの字を成し同じ樹の近くの枝に舞い戻る早業に目を奪われた。同じ空の下、実に澄んだ四十雀の囀りが、これでもかというほどの長鳴きである。

手持ちのボトルの水が尽き、門前の自販機に代わりを買いに出た。どういうはずみか、ここで転倒した。あっと声を上げながら、地面に手を突いたでもなく、左脇腹を下に門柱を見上げている自分がいた。幸い、頭を打つこともなく、どこにも痛みを感じない。ふと見ると右手の中指の爪に擦り傷があり、その付け根に血が滲んでいるだけ。

観音開きの門を閉じる際の脚部を受け止める据え石に片足を引っ掛けたらしいが、咄嗟にどう反応したのか、全く憶えがない。鶫の早業から乗り移った一瞬の身軽さ故とでも言うほかはない。

鈍根に運の味方よ去年今年　　映二

# ザルツブルク音楽祭とヒロシマへ飛んだ折鶴

「ザルツブルク音楽祭二〇二〇」が、新型コロナウイルスにも負けず開催されていたことを知って感激した。予定規模を大幅に縮小したとはいえ、三十日間の公演数は百十を数えたという。

第二次世界大戦の勃発した年は中止したため、一九二〇年の第一回から数えてこの年が百周年に当たる。特筆すべきは音楽祭委嘱の新作音楽劇「千羽鶴」が上演され、十歳以上の子どもや大人の観客が、出演者と一緒に鶴を折ったとのこと。終演後集められた折鶴は広島へ、十二歳で逝った佐々木禎子さんの御霊安かれと。例年なら、休憩時にはグラス片手に談笑の渦と化すロビーは、休憩なし・飲食売り場なしのため、閑散そのものだったという。ＰＣＲ検査後もマスク必携。その甲斐あって感染者がゼロだったとされる。

そのプログラムの一つ、アンドラーシュ・シフのピアノ・リサイタルも、故国ハンガリーの作曲家ヤナーチェク、次いでシューベルトを弾いた後、あっさりアンコールに入った。その三曲目で最後の曲名をシフが、「ヤナーチェク、グーテ・ナハト」と告げたら、会場から一斉に笑声が沸いた。（今晩はこれでサヨナラ、あとはご勘弁を）のユーモアが通じた一瞬だった。

ザルツブルク夏偵子偲びて鶴折る子　　映二

# 音楽における転調と俳句の〈切れ〉

堀米ゆず子と児玉桃の共演で、ベートーベンのヴァイオリン・ソナタ「春」と「クロイツェル」を録画で聴く。演奏会は二〇年十月、武蔵野市民文化会館とあったが、コロナ対策上の無観客。二人が共演するのは待ちに待った五年ぶりとのことで、作曲家生誕二五〇年記念にやっと間に合ったと安堵の笑みを漏らしていた。明るい、わくわく感に充ちた「春」の冒頭部、二つの楽器の呼吸がぴったり合った協奏によって、幸福感に満たされる。演奏の合間のインタヴューで、堀米は、目くるめく調性の転調に継ぐ転調から生まれる即興性とファンタジーがこの曲の最大の魅力だという。演奏をするたびに励まされ、新たなチャレンジ精神が湧き出すのだとも。

音楽における転調を俳句に求めるとすれば、それは何だろう。性急な結論は禁物だが、先ずは〈切れ〉、そして〈省略〉が生むイメージの飛翔とでも言えないだろうか。一例を挙げよう。

死後のことなど里芋の煮ころがし　　座光寺　亭人

この煮転がしを食したという宮坂主宰によれば、亭人本人は南方戦線での死闘のあと、天命あって復員。長野県の大町に住んで、毎日がこの世とあの世を往来するような、清貧な生き方をした俳人であった。

## 模擬原子爆弾がわが故郷の福島に

先の戦争末期、わが町福島にただ一発の爆弾が落ちた。当時八歳で、二人の姉と一緒に疎開するきっかけとなったので、忘れられない。この爆弾が、何と、あの長崎の原爆と同一の容積と重さながら、プルトニウムとその関連装置を装備しない代物だったことを最近知った。

岳四十周年記念大会に柳田邦男さんと対談していただいたアーサー・ビナードさんが、その編著『知らなかった、ぼくらの戦争』(小学館)に、当時の被爆体験者の証言とともに紹介してくれている。そもそも、長崎型はプルトニウムという物質の化学反応が急速に進むため、これを四方八方から押さえつける爆縮装置が不可欠ゆえに巨体となる。「ファットマン（太った男）」と名付け、広島型と分別管理されたそうだ。そして、その効果的な投下訓練のため、この「模擬原爆」を製造しては、特殊部隊が富山と福島にそれぞれ三発、東京、茨城、新潟に一発と、投下したことが米国公文書公開で判明したという。

福島県はいわき市に二発、福島市渡利に一発が投下された。旧市内から阿武隈川にかかる「松齢橋」を渡った先が「渡利」地区。この投下地点から三、四㎞離れた我が家の店舗の窓ガラスが破損したのは、このファットマンもどきの爆風の煽りだったわけだ。

条約にhibakushaの語や長崎忌　映二

## チョン・ミュンフンと東フィル

コロナ禍に見舞われ、世界は大きな苦しみに悩まされたが、素晴らしいものは常に苦しみから生まれてくる。

――チョン・ミュンフン

二〇二一年七月一日、東京フィルハーモニー交響楽団はブラームスの交響曲全曲演奏会の初日を迎えた。NHK・BSで観たのだが、常任指揮者として在任二十年のマエストロが心を許す間柄になったこの楽団を、彼は〈日本の家族〉と呼ぶ。一年半ぶりの稽古場で、彼が指揮棒を止めては絞り出すように語りかける言葉（英語）が印象的だった。

「ブラームスのこの音楽には人生のさまざまな季節が描かれている」とか、「あらゆるものからの自由が最高なのだとの確信を自分の音にせよ」と。また、「オーケストラ全体が一つの楽器になったような音を！」とも。最も感動したのは、マーラーの名言「音楽で本当に美しいものは音符の中にはない」を引き、一つの音型から次の音型に移る際の〈音楽〉を大切に盛り上げよ、と迫ったときだった。

これを敢えて俳句の世界に置き換えれば、言葉自体の持ち味とは別に、〈一物俳句〉にあっても、言葉の配列・配合の妙から思いがけない音韻の響き合いの妙が生まれる、ということではないか。

# 日本現代詩歌文学館と青邨の「雑草園」

みちのく北上を数年ぶりに訪ねた。日本現代詩歌文学館では、館の右手の桜が満目の紅葉で迎えてくれた。左手の池の岩の上には、一羽の白鷺が詩の殿堂の守護神のように鎮座していた。

その真向いの「雑草園」は、山口青邨の自宅があった東京杉並から、庭木ごと移築復元されたもの。文学館開館三年後の公開と伺う。かねて、黒田杏子さんより篤と観てくるよう促されていた。玄関に上がらず邸の北側に回ると、二年ぶりに実を付けたという、大ぶりの石榴が四分五裂して私を見下ろしているよう。北東の一角には「菊咲けり」の句碑。そして、東側の通草棚は鬱蒼として四本の柱を隠さんばかり。後で聞くと、こちらは何故かここ三、四年は、実が付かなかったそうだ。靴を脱いで上がる。沈思黙考のためとして設けたものの、使わず仕舞いに終ったという庭に面した二畳間その他を観たあと、隣接する書斎へ。青邨が思索執筆するだけでなく、知人を招き歓談もしたという和室十畳に寛ぐ。ふと見上げた扁額〈寒竹風松〉が、ここ安住の地を肯う趣を漂わせていた。

秋草を活けかへてまた秋草を　青邨（『暑往寒来』）
みちのくの菊のひかりにつまづくや　杏子（『木の椅子』）
ようこそと檜扇の実の黒ルビー　映二

# 名指揮者ブロムシュテットのこと

世界でも最高齢の名指揮者なるヘルベルト・ブロムシュテットの話題である。ＮＨＫ交響楽団の桂冠名誉指揮者でもある彼の練習風景を視聴して、英語による的確な指示が楽団員に届く風通しのよさに驚嘆した。その端正で衰えを見せぬ指揮ぶりの根底には、彼が徹底したベジタリアンだということがありはしないか。実は、Ｎ響のリハーサルの合間に、事務局の用意した蕎麦食の出し汁が鰹由来であると知って、彼は麺のみを食べたという興味深いエピソードがある。

ベジタリアンと聞くと、私の真っ先に思い浮かぶ賢治童話が「ビジテリアン大祭」。菜食主義者にも実行方法がいろいろあり、その最も徹底した方法について、〈菜食信者〉たる賢治はこう書いている。

「動物質のものを全く喰べてはいけないと、即ち獣や魚やすべて肉類はもちろん、ミルクや、またそれからこしらえたチーズやバター、お菓子の中でも鶏卵の入ったカステーラなど、一切いけないという考えの人たち、日本ならばまあ、一寸鰹のだしの入ったものもいけないという考えの人たち」（原文は旧カナ遣い。傍点の語は引用者による。）

ベートーヴェンやシューベルト、ブラームスといった古典派からロマン派の交響曲が、彼の懇切かつダイナミックな采配で堪能できる日々の、一日も長からんことを祈らずにはいられない。

## ピカソの「ゲルニカ」は武器？

絵画が生まれたのは家の装飾のためだなんて、とんでもない。
攻撃にも防御にも役立つ武器になるのですよ、絵画は。

——パブロ・ピカソ

スペイン北部の小都市ゲルニカが一九三七年四月、世界初の無差別爆撃により破壊された。ファシズム政権のフランコがナチス・ドイツと結託して決行したもの。パリでこれを知ったピカソは、わずか一ヶ月余りで、横七・八メートル、縦三・五メートルの大作「ゲルニカ」を制作する。

今回、その実物大の映像が東京に常設展示される運びとなった。

先の大戦下、パリを占領したドイツ将校と彼とのやりとりが語り伝えられている。この絵画を前にして、「これを描いたのは君か」と問われた彼は、平然として「いや、描いたのはあなたでしょう」と。

今回の映像公開の現場に立った横尾忠則は、八〇年代に展示されたニューヨーク（MOMA）での衝撃的出会いを、「一匹の豚として入り、ハムとなって出てきた」と表現していたが、これも誇張ではない。

同じスペイン人のパブロ・カザルスが、カタロニア民謡の「鳥の歌」を弾いて、平和の尊さを称え続けたことと好一対である。

霜の夜やカザルスの弾く「鳥の歌」　映二

# 精道小学校校歌と姉のこと

私事ながら二二年一月、六人兄弟の一番上の姉が息を引き取った。九十八歳だった。この知らせを受けた朝、いつも日課に唱えている般若心経のあと、ふと思いついて、姉の作詞になる芦屋市立精道小学校校歌を歌い出す。途端に、涙がこみ上げ抑えきれなくなった。姉の一人息子が在学中だった当時、在校生とその保護者を対象に歌詞の募集があり、これに応募して姉が入選を果したものだった。

十七年ほど前、大阪での現代俳句全国大会参加の途次、同校に足を伸ばした。来意を告げた教頭先生が快く遇してくれ、前年に落成したという新校舎や校庭の一角にある校歌の歌碑まで案内して下さった。

明るいみどり　陽をうけて　　六甲山は　呼びかける
ふるい歴史の　学び舎に　　未来のゆめを　育てよう
そうだ　我等　精道の　　誇りをむねに　学ぼうよ

歌詞の二番は「芦屋の浜に　吹く風は／／松の林に　呼びかける」と続く。創立九〇年以上の歴史ある学校に、校歌が無いのを惜しんだ当時の校長の発案であったと伺う。作曲は当時の音楽の先生で森本節子さん。校歌は一九六七年の制定だったというから、今日まで五十年以上も歌い継がれていることになる。

吾の産湯沸かせ給ひし長姉逝く　　映二

# キエフの大門

二〇二〇年二月二四日、ロシアが突如、ウクライナに侵攻してから早くも四年の月日が経つ。途方もなく先行きの見通しが全く利かない事態を憂慮しながら、ふと浮かんだ曲がある。ロシア人の作曲家ムソルグスキーの標題音楽「展覧会の絵」の終曲「キエフの大門」だ。キエフと言えば、古来より交通の要地であり、九世紀末に成立したキエフ大公国の首都となった由緒ある大都市。聖ソフィア大聖堂をはじめとする文化遺産を擁する由緒ある都市でもある。キエフは京都と姉妹都市で、その「京都公園」と名付ける公園には、作庭家 中根行宏の設計による枯山水の庭もあるとのことだ。

「展覧会の絵」の原曲はピアノだが、ラヴェルの編曲による管弦楽曲のほか、さまざまな器楽曲にもなっている。先頃ＮＨＫの番組で視聴したドイツのピアノ五重奏団では、ピアノと弦楽器の特性を生かした編曲で、「牛車」「キエフの大門」など、ひときわ表情豊かな演奏を披露してくれた。

ロシアの侵攻計画は前年秋頃から危惧されていたというから、その水面下の動きを察知した彼ら演奏家はその危機感を共有し、新型コロナウイルスの脅威下での無観客公演で、わが国のテレビ視聴者に注意を喚起する意図もあったのでは、という見方は穿ちすぎだろうか。

# キエフからキーウへ

ロシアによるウクライナ侵攻が泥沼化してから何年経つだろう。ウクライナへの連帯を示す意図から、首都名のキエフは、ウクライナ語に近い「キーウ」と読み替えられ、原発のある「チェルノブイリ」は「チェルノーブリ」に。九一年の独立後も首都名キエフが維持されたのは、「ウクライナとロシアは兄弟だ」というナラティブ（作り話）が背景にあるようだ。今回のウクライナでの悲劇がなかったら、迂闊にも、私はこの「作り話」を鵜呑みにしていたことだろう。

余談だが、京阪電鉄の祇園四条駅そばにあるロシア料理の名門「キエフ」は、歌手加藤登紀子氏の兄上が経営者で、私も二度ほど利用したことがあるが、直近のホームページを確認すると、「京都で唯一のロシア料理とウクライナ料理を楽しめる店」とあった。〈ウクライナ料理〉は、この紛争後に書き足されたとみて間違いあるまい。

「われらは、平和を維持し、専制と隷従、圧迫と偏狭を地上から永遠に除去しようと努めてゐる国際社会において、名誉ある地位を占めたいと思ふ」（「日本国憲法前文」）と誓っている日本としては、正に正念場である。

じゃがいもの花澎湃と祖国愛　　映二

# 「イマジン」を訳す

オノ・ヨーコが、本人のルーツを辿る取材番組「ファミリー・ヒストリー」（ＮＨＫテレビ）に出演したことがあります。五年ほど前のことです。その折に試みた「イマジン」の歌詞（日本語訳）の草稿が、ひょっこり、机の中から出てきました。ロシアの侵攻による、ウクライナでの戦禍の悲惨さが日夜報じられる、この最中に。「イマジン」の呼び掛けていることを、あらためて心に留めておくのもいい機会でしょう。

イマジン　　　　ジョン・レノン／オノ・ヨーコ

想像してごらん　国境なんて無いんだと／そしたら、誰かのために殺し合い、／誰かのために命を落とすなんてこと無くなるよ／宗教だって無いわけだ／想像してごらんよ　みんなが平和に暮らしているありさまを

（第二連）

想像してごらん　自分の私的財産なんて無いんだと／きみだって想像できるんじゃないかな／そしたら、どん欲も飢餓も無くなるよ／人はみんなきょうだい同士なのさ／想像してごらんよ　みんなが一つの世界に棲んでいることを

（第五連）

# 賢治を詠む

「宮沢賢治と現代俳句」という題で、話をする機会がありました。賢治の生き方や童話作品についてはかなり熟知しているが、俳句はどうも……」という宮沢賢治研究会の面々がお相手でした。

先ず、俳句という文芸の強みである、①暗示力②連想力③表現力④言霊の力について、例句を挙げながら説明したあと、賢治の豊穣な作品世界に根を持った現代俳句の紹介に移りました。

もがり笛風の又三郎やあーい　上田五千石
シオーモは賢治の港天河　佐藤　鬼房
童話の虫みんな集めて賢治祭　照井ちうじ

オルガンを踏んで白鳥座の汀　清水　伶

鹿踊角が銀河に触れて鳴る　円城寺　龍

まだ弾かぬ楽譜開かれ天の川　小林　貴子

鏖跳ねてうんにゃそいつはマスクだべ　西池　冬扉

十一人ゐて夏萩に風止まず　林　桂

鍬置いて虹を知らせに火の見まで　佐藤　映二

賢治の忌見えぬ手紙を渡す旅　同

結びに、賢治の短歌「ほしぞらはしづにめぐるをわがこころ／あやしきものにかこまれて立つ」に因んだ拙句「星月夜ぐるりの山の恐ろしき」を挙げ、同短歌に旋律を付けた自作の歌を聞いて貰いました。

# 飯島晴子のこと

俳句結社「鷹」に所属していた頃、松戸から常磐線一本で行ける水戸で開かれる、月一回の飯島晴子指導句会に参加していたことがある。ある日、水戸駅を出て偶然に彼女と鉢合わせしたので、行動を共にする結果となった。

句会場近くのバス停で下り、そのまま句会場の公民館を目ざすかと思いきや、バス通りをいきなり逸れて小路に入った。足を止めた所は、何やら、木の林檎箱らしいのを三段に重ねて金網を張った檻に軍鶏を飼っている一角である。

それら十数羽のうちには眼が落ちくぼんでいたり、羽根に精彩を欠いた軍鶏もいたようだった。するとそこに、世話係の眼光鋭い老人が出てきて、私たち二人を咎めるような目つきで睨み、凄んでいる風だった。晴子ご本人は身じろぎひとつせず立ち尽くしたあと、「行きましょ」と一言。角を曲がってしばらく、問わず語りに曰く、「賭けるのよね」。
彼女の第六句集『僂々』に次の一句を見出したとき、その時の記憶がまざまざとよみがえってきた。

羽抜軍鶏赤肌誇る常陸かな　　晴子
嘘言へぬ血筋とおもふ蚊喰鳥　　映二

# 小磯良平の聖書挿画

私が写生する時は、いつも目の前に物があるのですが、想像で描いたのは後にも先にもこの作品だけでした。

――『繪』（一九八〇年一〇月号　日動画廊発行）

日本聖書協会から依頼を受けた『聖書』のための挿絵について、小磯は笠間日動美術館の副館長・長谷川智恵子に対し、こう語ったという。また、石川達三の新聞小説「人間の壁」の挿絵などと違い、『聖書』に出てくる「エデンの園」や「バベルの塔」をはじめ、新約の「最後の晩餐」などは、古今の画家たちと同様に想像で描くほかなかった、とも。

小磯の描いたのは旧約から十五箇所、新約から十七箇所だが、この水彩画とその下絵のすべてが、創立者がクリスチャンであった笠間日動に寄贈されている。図録『小磯良平　聖書のさし絵展』（〇八年刊）には、『聖書』の該当する場面の文章が添えられ、一場面一頁の構成で、聖書絵物語の体裁をなしている。

新型コロナの感染がやや落ち着きを見せた時期をチャンスに、同館を訪れた私にとって、この図録による感動と興奮から、砂漠でオアシスに巡り会えたような一冊となった。同書には、神戸市立小磯記念美術館学芸員　辻智美による懇切な解説がある。また、画家の生涯をつぶさに跡づけた年譜も読み応えがあり、その業績を知る上で有り難い。

# ブロムシュテット、ふたたび

指揮者はあるときは道化師に、あるときは修道士にならなければならない。しかし、自分自身を失ってはならない。それができなければ、完璧ではない。

——ヘルムート・ブロムシュテット

九十五歳（当時）の、この世界的指揮者について、ＮＨＫが特集した五時間番組「楽の音に吸い寄せられる魂」（私訳）。一年に二十に余る世界のオケを指揮する彼の素顔とその発言が印象深い。曰く、音楽に真摯に向き合うには、作曲家の表現したいことを元の楽譜から学び取るほかに、それらを楽団員や共演者とのリハーサルで伝達できることがどうしても必要なのだと。

以下はドレスデン市民合唱団とのやりとりの一コマである。

バッハの「ロ短調ミサ」。全曲の盛り上がりを極める「サンクトゥス」の冒頭、女声四部男声二部が同時にフォルティシモで歌い出す場面で、譜面には無い指示を出した。〈サン〉と〈クトゥス〉とが同じ音量では可笑しい、皆さんは〈ドレス〉と〈デン〉を同音量で言わないでしょうと。この一言に、一同はたった一回で彼の満面の笑みを引き出したのだった。

在独中の三十代半ば、同じ曲を歌ったことを懐かしく思い合わせる。所は、フランクフルト市のエピィファニアス教会だった。

# アワの穂が泣いて悲しむ

どんな小さい鼠の糞のようなものであっても春から秋までかかって実ったものだ。忘れたふりをしたり足で踏んだりしたら、アワの穂たちは、ウノイラナー（俺たちを忘れたよー）と泣いて悲しむものだ。

——萱野茂著『アイヌ歳時記』平凡社新書（二〇〇〇年初版）

アワの穂ちぎりの最中に茂少年が小さい穂を取り残したり、落ちた穂を踏んだりすると、母からアイヌ語で咎められたそうです。アワの穂の泣き悲しむ声を聴きとめる耳は、〈天から役目なしに降ろされたものは一つもない〉と信ずるアイヌ文化の担い手なのです。

また、囲炉裏の上に吊られている火棚に頭をぶつけることがあると、「痛いのは火棚も同じだ。ぶつかった所へ息を吹きかけて痛いのを治してあげよ」との母の戒めも、アイヌ語だったそうです。

思い合わせるのは、宮坂主宰の二十年ほど前の長野講演です。自身の旭川での体験を基に、「柱に頭をぶつけた時に、自分の頭の痛みでなく、柱の痛みを感じることができるか」と我々に問いかけ、意識が無いと思われる物の痛みを感じ取る力を養うことが、俳句ばかりでなく生き方の上でも大事なのだと。

わらべ歌聞かせて枇杷を大粒に　映二

## 「カーザ・ヴェルディ」（ヴェルディの憩いの館）

歌劇「椿姫」や「アイーダ」などで有名な作曲家ヴェルディの遺した、音楽家のための高齢者施設がミラノにある。「カーザ・ヴェルディ」という。その好著がＹＡＭＡＨＡから出た。

著者の藤田彩歌さんはメゾソプラノ歌手。入居は老齢者だけと承知していたら、最近は、ミラノ市内で研鑽を積む若い音楽家が十四、五名程度が受け入れられ、著者もその一人。昼夜の正装での食事会や定期的なリサイタルもある一方で、老朽化による下水設備のトラブルなども含め、入居者の日常が多彩に紹介されている。著者はまた、入居者の一人とゴールインしたという幸運にも恵まれた人だ。

エントランスの壁面には、設立の趣旨に賛同し寄付をした音楽家の氏名の刻まれたレリーフがある。その中には横浜のある老人福祉施設の初代理事長でテナー歌手だった方の名前も。これは、ローマ銀行東京支店在職時に未亡人から相談を受け、銀行の仲立ちで実ったもので、ヴェルディの胸像が見下ろすここの来賓室で、その贈呈式に立ち会えたことが懐かしい。

二〇〇四年秋の「岳」有志によるイタリア吟行の折、中庭に面した建物の一階にある夫妻の眠る墓所をバックにした集合写真の一枚も貴重な宝物だ。

## 秋田の「赤い靴」

〈横浜の波止場から船に乗って〉の物語がみちのく秋田にもあった。秋田生まれの女の子が米国人の宣教師に連れられて異国へ。実際の出来事に一部の脚色を加えた、その自主制作映画の東京初公開を観た。

一八八九年、ある女囚が訳あって監獄で出産した女子は、米国の女性宣教師ハリソンに引き取られ成長する。だが、小学校に入る歳になって戸籍がないと入学できないという制度が立ちはだかる。ハリソンは、自ら創立した秋田英和学校の教え子の一人川井運吉に養父になってくれと嘆願、独身の彼は苦悩の末これを受け入れる。その子は金子ハツと名乗って入学し、勉学に勤しむ。だが、ハリソンの日本滞在の任期が満了、十二歳のハツを伴い船で米国へ。ハツは異国の地で良き教師となり養母と暮らす。折から、排日運動が激しさを増す当時の米国を離れてハワイへの移住を果すが、三十四歳になったハツは当時猛威を振るったインフルエンザから肺炎に罹り、悲嘆にくれる養母ハリソンを残し帰天する、という物語である。

残されていたハツのノートより、彼女の詩の一節を掲げる。

運命とは、命を運ぶと書く／咲き終えたタンポポは／風に吹かれて
何処かへと運ばれていくように／降り立ったところで／〝命花《いのちばな》〟は咲く

――コラ・ジュリア・ハリソン（日本名ハツ）

## 鉄の彫刻家・安斉重夫

鉄が好きです。固くて、強いのに／やがて、さびて朽ち果てていく
／まるで人間のようです。／私も自然（宇宙）のひとりとして／
生きてゆきたい。／遊んでいる子どものように　生き生きと！

――安斉重夫

安斉重夫さんは、いわば宮沢賢治が紹介者となった親友の一人です。自称「鉄の彫刻家」として、賢治の童話に着想を得た鉄の作品「岩手軽便鉄道」や「貝の火のホモイ」などで、東日本大震災の起った二〇一一年に宮沢賢治イーハトーブ賞奨励賞を受賞、三越日本橋本店をはじめ、

日本各地のほか、ヘルシンキを含め百回以上の個展を開いてきた芸術家です。新装成った彼のアトリエお祝いのため、一昨年末、浜通りのいわき市の住まいを訪ねました。白い壁に吊されライトアップされた彼の作品群は、影そのものと響き合っています。床張りの松材の香。タツ子夫人自ら調合のハーブティーと夫君の収穫した芋のオーブン焼に癒やされる、心地よい静謐なひとときでした。

暮れぎわの海。塩屋埼灯台の灯が手に取るように届く湯宿まで車で送ってくれました。常磐線の湯本駅にほど近い金刀比羅神社の杜を臨む蕎麦屋で、お昼に頂いた鴨南蛮の美味しかったことも忘れません。

# シベリウスの「白鳥」交響曲

今日十一時十分前に十六羽の白鳥を見た。大いなる感動！　神よ、なんという美しさだろう。白鳥は長い間私の頭上を舞い、輝くリボンのように、太陽の靄の中へ消えていった。

――ジャン・シベリウス

彼は、自らの生誕五十年を記念する、この交響曲第五番の作曲にかかったものの、筆が進まず難渋していたという。白鳥が湖面を助走して一羽また一羽と翔びたち、十六羽の一団が湖上を幾度か旋回したのち、遂に更なる北を目ざして消えてゆく――。その一部始終を目にしてから作曲の場に戻り、心の昂ぶりを梃に楽想を展開して、ようやくそれをまとめ得たと伝えられる。初演は一九一五年だが、ロシア革命の波乱もあって決定稿が出来たのは一九年である。バーンスタイン、ヤンソンスらの名盤があるが、終楽章の、白鳥の飛翔を想わせるホルン、トランペットの奏鳴の後、オケ全楽器が休符を挟んで鳴らす六連打の結尾は圧巻だ。

アンデルセンの『絵のない絵本』の〈第二十八夜〉を踏まえた賢治の一首、「白鳥のつばさは張られかゞやける琥珀のそらにひたのぼり行く」を想い合わせる。

また、これを含む連作六首に、拙いながら旋律を付け、アンデルセン生誕二〇〇年記念の路傍舎の行事で、ソプラノの人に歌って貰ったことも懐しい。

# 野口田鶴子さんのこと

このほど、『照井翠エッセイ集「釜石の風」を読む』と題するCDが野口田鶴子さんより届いた。「岳」五〇〇号所収の掲句作品「衣《ころ》かくし」のコラムに紹介した岩手県人で、〈照井翠『龍宮』五十句を読む〉の朗読者。東日本大震災を風化させまいと誓う〈伝道者〉の一人だ。

三・一一直後の様子を伝える音声は時に喘ぐような息づかいを交え、津波の凄絶さを想起させる強拍と弱拍の響きに胸がえぐられる。殊に、『龍宮』の「あとがき」と、〈春の星こんなに人が死んだのか〉〈霧がなあ霧が海這ひ魂呼ぶよ〉ほかの句が前後に挟まれ、このCDが一枚の刺子織を手に取るようにも思えてくる。彼女は、「局所ジストニアによる発声障害のため……お聞き苦しい箇所が多々ありますが」と謙遜するが、貴重な記憶を伝え残したいとの使命感からか、聴き終ってからも心の深部ににじんわりと畳まれる。

「賢治の〈行ッテ〉の精神が切に待たれている」という翠の結びの言葉が筆者を刺すように響いたのは、陸前高田の現場にまだ一度しか立ったことのない怠慢を責められるようで、正直苦しい。〈行ッテ〉とは、「雨ニモマケズ」の中の、「東ニ病気ノコドモアレバ／行ッテ看病シテヤリ」以下、三度とも〈行ッテ〉をリフレインすることで、実践の大切さを自らに言い聞かせた賢治らしさを表したものだ。

## 現代に生きるブドリ

山梨に土木建機の会社を起ち上げた雨宮清のことである。海外販路の拡大をめざし、復興途上のカンボジアを訪れた際、農家の老母から地雷の恐ろしさを聞く。耕作中に地雷に触れ死傷する事故が絶えないと。

試作を重ねた結果、耕耘機の前方に鎖の束を垂らすことに。鎖を回転させながら進み、地雷に触れた鎖が爆発しても、防音をも兼ねた運転席の安全を確保する装備だ。後部に取り付けた刃は回転しながら土塊を砕くから、一石三鳥だ。

試運転の日、弾薬を埋めこんだ場所に乗り込むのは誰だったか。彼は社員たちを前にして言い放った。「万一、お前たちが死んだら俺に一生の悔いが残る。俺が死んだら線香一本ずつでいい」。

自らの生命と引き換えに、カルボナード島の火山一帯を爆発させることで、対岸の農地を冷害から防ぎ、その地域を飢饉から救ったブドリの自己犠牲の賢治童話を想起する。

同じ機械をアフリカのコンゴにも納めたとき、日本の子どもたちの絵を持参した。それを見た現地の小学校の子どもたちも絵を描いて雨宮に托したという。これぞ、文化交流任務の一翼をも担う、現代のブドリではないか。

彼は座右の銘を促される時には〈人を思いやる心〉と書いた。

# 原石鼎全句集への挑戦

古びた一冊の縦書きノートが書斎の本棚から出てきた。表紙には毛筆で「原石鼎《せきてい》全句集より」（自　平成四年六月）とある。同句集は棟方志功版画の函入りの豪華本。「鷹」入会から数えて五年、「岳」入会から四年目になったのを節目に、何故か、石鼎一人に絞って勉強してみようと決めたものらしい。

冒頭、〈頂上や殊に野菊の吹かれ居り〉が墨色も濃く記されている。かつて賢治ゆかりの山の一つに案内され、最後の急登の果て、野菊もろとも向い風に倒されそうになった体験と重ねて記憶した句。この句の詠まれた地が岦図らんや、いわゆる「鳥見霊時祉《とみのれいじし》」なる霊場だったとは知る由もなかった。

一方、〈秋風や模様のちがふ皿二つ〉には、その長い前書、「父母のあたたかきふところにさへ入ることをせぬ放浪の子は伯州米子に去って仮の宿りをなす」も併せて筆写してあった。一句だけの読み手には、不揃いの皿二枚から作者の放埓な暮らしを想像できまい。

いわゆる〈名句〉と言われても、前書を知らないと共感を得られない例もあることを胆に銘じたい。

野菊とは雨にも負けず何もせず　　和田　悟朗
このの ちは秋風となり阿修羅吹かむ　　大石　悦子

## もう一人のブドリ　中村哲さん

話は二十年ほど前に遡るが、アフガニスタンで治水灌漑のための事業を続けていた中村哲さんは、花巻市よりその年度の「イーハトーブ賞」授賞の知らせを受けた。しかし、当時の現地は未曽有の干魃下で、用水路建設の途上にあり、来日どころではなかった。

後日、現地の生々しい実態と受賞の喜びを表す挨拶文を現場で書いている様子が、岩石の積み上がる一角に座るお姿とともに、イーハトーブセンター会報に載っている。

「小生が特別にこの賞を光栄に思うのには訳があります」と前置きして曰く。「……セロの練習という、自分のやりたいことがあるのに、次々と動物たちが現れて邪魔をする。仕方なく相手しているうちに、とうとう演奏会の日になってしまう。てっきり楽長に叱られると思ったら、意外にも賞賛を受ける。私の過去二十年も同様でした」と。
　哲さんは、好きな昆虫観察も棚上げして荒地の蘇生に尽力し、凶弾の犠牲となられたゴーシュ・ブドリである。

中村のをぢさん《カカ・ムラド》わつさわつさと大根葉　宮坂静生
雪嶺はるか堰のスコップが墓標　映二
カカ・ムラド亡し冬満月に副ふ火星《マルス》

# 最晩年のマティスの傑作　―ロザリオ礼拝堂

二十年ぶりという、マティス展を観た。炎天下、駅から上野公園内を歩くのを避け、タクシーに乗り、都美術館の搬入口までと告げたら、五分で着いた。午後八時までオープンの木曜日を選んだのも、直ぐ入館できて幸いだった。

油絵で特に印象に残ったのは、「金魚鉢のある室内」（一九一四年）。金魚の泳ぐ鉢の水、窓の下を流れるセーヌ、そして空の色が、全く同じトーンの青、それに窓枠の淡い青と壁の濃紺。ブルーの三和音が奏でる心地よさに唸った。

圧巻は、最晩年の集大成といわれるロザリオ礼拝堂。不自由な車椅子の身で、長い棒の先に取り付けた筆で白いタイル壁に輪郭のみを描いた聖母子像の清楚さ、切り紙絵のデザインの司祭服、そして、その切り紙絵の美の追求の果てに到達した黄と青と緑の絵硝子が素晴らしい。彼が愛したという冬の十一時ごろの高精彩映像で、日差しが生む光のアート、床に落ちる影のハミングに息を呑んだ。

車椅子に素足のマティス手に鋏　　映二
聖母子を縁どる黒の涼しさよ
夏日射す絵硝子の影ハモるやう

## 鉄の彫刻家と朗読者・青木裕子のコンビ

賢治童話「注文の多い料理店」の絵本は、すでに、朝倉攝、安野光雅、武井武雄、和田誠ら、多くの画家によるものがある。しかし、俗物根性でコンビの〈紳士〉ハンターや〈白熊のような犬〉、森の奥の怪しげな〈西洋料理店「山猫軒」〉、あたり一帯の樹木などを取り合わせた、安斉重夫の鉄の彫刻作品が図柄となる絵本（二〇二三年シナノ印刷(株)刊）は初めてだ。二〇一八年にヘルシンキで企画展を開いた彼の新たな挑戦でもある。おまけに、頁を繰りながら物語の朗読を楽しめるQRコードが巻末にある。朗読者は、NHK定年退職後の二〇一〇年、私費で〈軽井沢朗読館〉を建て、その館長として朗読や音声表現の楽しさを全国に広める活動をしている青木裕子さんだ。安斉作品に惚れ込んで同館に所蔵もしていたという。声域は広く、ときにブラック・ユーモアに相応しい低音で、抑えの利いた朗読が胸に落ちること請け合いである。

ちなみに、青木さんは、「信州朗読駅伝」という、信州各地の図書館と文学作品、そして、その地域の特産物とを繋げるイベントの立役者その人でもある。

安斉重夫の鉄の彫刻を詠む

たんぽぽの絮毛に縋り旅はじまる　　映二

くろがねの帆を上げにけり春の雷

# 「若者よ」の旋律と人形劇「オッペルと象」

若者よ／体をきたえておけ／美しい心が／たくましい体に／からくも／支えられる日が／いつかは来る／その日のために／体をきたえておけ／若者よ

――ぬやま・ひろし

『詩編編笠』（日本民主主義連盟一九四六年刊）に出る。戦争に反対し投獄された日本共産党員（のちに脱退）の一人だった。この「若者よ」は、戦後の「うたごえ運動」の中で、五二年の「血のメーデー」の頃から最も多く歌われ、六十年安保以後は歌声喫茶でもよく唱和されたことでも知られる。

実は、人形劇団プークによる賢治童話「オッペルと象」の公演で、象の群が仲間の白象を強欲非道のオッペルから救いにくるシーンにこの旋律が流れる。だが、「若者よ」の歌詞が想起されてしまうため、違和感を禁じ得なかった。

ところが、『日本の唱歌〔下〕』（金田一春彦・安西愛子編・講談社）によると、原曲は、「オッペルと象」の劇中音楽として関忠亮が作曲した「森から森へ」という歌だった。これでやっと、胸の閊えが下りた次第だ。

なお、同人形劇団は、二〇二二年にイーハトーブ賞を受賞した。

# あの田谷力三が賢治のために歌った夜

恋はやさしい　野辺の花よ　夏の日のもとに　くちぬ花よ
熱い思いを　胸に込めて　疑いの霜を　冬にも置かせぬ
わが心の　ただひとりよ

（ズッペ作曲／小林愛雄訳「オペレッタ、ボッカチオ」より）

田谷力三の名を知る人がめっきり減ってしまった。宮沢賢治研究会が彼を招いて、「恋はやさしい野辺の花よ」のほか、二曲をヤクルトホールの舞台で歌っていただいたのは、八四年二月のこと。「宮沢賢治没後五〇年記念のつどい」の催しだった。雪の舞う日ではあったが、賢治さんも上京の折に観劇したという本人の肉声が聴けるとあって、満席の来場者。驚いたのは、彼の舞台演出である。ステージに立つや、いきなり、「天国の賢治さぁーん、今から歌いますから、どうかお聞き下さぁーい！」と叫んだのだ。

舞台の袖で見守っていた、彼の妻でマネージャーも〈してやったり〉と、ほくそ笑む…。その夜の田谷力三と聴衆との一体感は、こうして生まれたのだった。なお、当日のその他の演目は、オペレッタ『フラ・ディアボロ』より「岩にもたれたものすごい人は」と、オペレッタ『コルネヴィーユの鐘』より「波をけり（舟歌）」の二曲だった。

# 随想

# 宮沢賢治の世界へのいざないー賢治の詩の魅力とはー

## はじめに

私の宮沢賢治との最初の出会いから話をはじめます。二十歳の大学一年の冬、帰省していた福島でのこと。十一歳上の兄の蔵書が並ぶ棚を眺めていると、兄の専攻した経済学関係の本や哲学、心理学などの専門書の間に、ただ一冊『宮澤賢治名作選』（羽田書店、松田甚次郎編）が目に入り、びっくりします。なぜこの一冊だけ、居心地の悪そうにそこにあるのか、不思議でした。手に取ると、活字も小さく挿絵などない成人向けに出された本です。

ともかく、最初の一篇だけでも目を通してみようと開いたのが「セロ弾きのゴーシュ」でした。

さて、読み終えると、知らず知らずに目頭が熱くなるのに我ながら驚き、すぐに市内の大きい書店に足を運びました。そこで、昭和文学全集全五十巻の一巻、『宮澤賢治集』（角川書店刊　小倉豊文編）に出くわし、迷わず買い求めます。この本によって、私は、賢治が短編童話にとどまらず、短歌を八百首以上書き、詩集（正式には、〈心象スケッチ〉）『春と修羅』を自費で刊行したこと、さらに彼には、多くの未発表の口語や文語による詩、それに「銀河鉄道の夜」などの長編童話の遺稿があったことを知りました。その上、同書に挿入されていた「月報」には、高村光太郎、草野心平、横光利一ら、賢治を生前から高く評価していた人たちの寄稿文とともに、なんと「三日でセロを覚えようとした人」というエッセイまで載っているではありませんか。書き手の大津三郎は当時、新交響楽団のトロンボーン奏者で、この楽器の出番がない曲ではセロのパートも掛け持ちという人だったとあり、賢治から人を介してセロの持ち方だけでもと丁重に懇請され、仕方なく自宅レッスンを引き受けたということでした。

そんなこんなで、賢治の実体験の裏付けもあるこの童話「セロ弾きのゴーシュ」は、いままで何回読み返したかわかりません。

## 賢治詩の特質

### （その一）アニミズムによる自然との一体化

有明

起伏の雪は
あかるい桃の漿《しる》をそそがれ
青ぞらにとけのこる月は
やさしく天に咽喉《のど》を鳴らし
もいちど散乱のひかりを呑む
（波羅《ハラ》僧羯諦《サムギャテイ》　菩提《ボージュ》　薩婆訶《ソハカ》）

曙の空になる少し前の夜明けです。起伏する雪山の肌が朝日を受けて桃の果汁をかけられたように色づくとき、ほの白い月の輪郭が次第に薄れてきます。その月が天に消え入るときの〈咽喉を鳴らす〉音を聞きとめる作者。思わず合掌して般若心経結句の呪文を唱えるおごそかな一コマです。ここには、自然の運行に呼吸を合わせ、明けがたの山気に没入する賢治の恍惚境が想像されます。

原本巻末の「目次」を見ますと、「有明」のタイトルの下に、一九二二、四、一三の日付が示されています。作者がその発想を得た最初の日付です。幾度かの推敲を経た定稿になっても、この日付は変えません。実験の経過を正しく記録する農芸化学者の彼は、そのスケッチをも忠実に記録する習慣を継続したと言えるでしょう。それはさておき、詩「有明」には、賢治作品の大きな特質の一つ、アニミズムが窺われます。〈桃の漿《しる》をそそがれ〉〈散乱の光を呑む〉という表現です。

ここで、賢治の自費出版した唯一の童話集『イーハトヴ童話　注文の多い料理店』「序」より引きます。漢字のすべてにつけられた振り仮名は省略します。

わたしたちは、氷砂糖をほしいくらゐもたないでも、きれいにすきとほつた風をたべ、桃いろのうつくしい朝の日光をのむことができます。

この〈日光をのむ〉については前述のとおりですが、〈風をたべ〉については、彼の次のメモに遺された自然との交感の姿勢からも明らかでしょう。

わが雲に関心し／風に関心あるは／たゞに観念の故のみにはあらず／そは新なる人への力／はてしなき力の源なればなり

（その二）　映像化手法による多次元的表現

# 早春独白

黒髪もぬれ荷縄もぬれて
やうやくあなたが車室に来れば
ひるの電燈は雪ぞらにつき
窓のガラスはぼんやり湯気に曇ります
（二行略）
身丈にちかい木炭《すみ》すごを
地蔵菩薩の龕《がん》かなにかのやうに負ひ
山の襞もけぶってならび
堰堤《ダム》もごうごう激してゐた

あの山岨のみぞれのみちを
あなたがひとり走ってきて
この町行きの貨物電車にすがったとき
その木炭《すみ》すごの萓の根は
秋のしぐれのなかのやう
もいちど紅く燃えたのでした
(十一行略)
わたくしの黒いしゃっぽから
つめたくあかるい雫が降り
どんよりよどんだ雪ぐもの下に
黄いろなあかりを点じながら

電車はいっさんにはしります

炭焼小屋から木炭すごを背負って出て、泥濘んで滑りやすい山道を走ってきて、花巻電鉄の貨客両用電車の発車間際に縋るように乗った女性を、すでに乗り込んで見守っていた作者の心象のスケッチです。（一九二四、三、三〇、）の日付をもつ詩です。

冒頭の四行は、まず女性の濡れた〈黒髪〉をクローズアップします。両肩の荷縄の濡れ具合と湯気に曇る車窓の様子から、読者を一気にドラマに引き込んでゆく手法は、賢治が好んで観た当時の無声映画から取り込んだものと思われます。炭すごの重みで荷縄が女性の肩に食い込んでいることまでも想像させます。ここは映画のズーム・インの手法そのものです。これに続く、〈身丈に近い木炭《すみ》すごを〉から〈貨物電車にすがったとき〉までの回想シーンの挿入も、フラッシュバックといって映画で多用される手法です。次いで、萱の根で編んだ炭すごの細部にフォーカスし、その一、二本の太い根っこが、湿気を帯びて紅く燃え立つようだと描写することで、この女性のうら若さを暗示させます。

## 〈その三〉　音韻と色彩のリズムの力

祭　日（一）

谷権現の祭りとて、　麓に白き幟たち、
むらがり続く丘丘に、　鼓《こ》の音《ね》の数のしどろなる。
穎花《はな》青じろき稲むしろ、　水路のへりにたゝずみて、朝の曇りのこんにやくを、　さくさくさくと切りにけり。

（「文語詩稿一百篇」より。「鼓の音」と「穎花」のルビは賢治のもの）

賢治は、晩年、死の遠からぬことを知ってか、青年時代以来蓄えてきた詩想で、おおくは短歌や詩の未定稿の形で記録されてきたエピソードのうち、特に印象明瞭なものを中心に、定型文語詩としてまとめることを思い立ちます。その一つが上記のもの。

声に出して読んでも響きがよく、聞き手にもそのイメージが浮かぶように練り上げることを目ざしました。

「兄は、枕元に私を呼び『聞いて、思い浮かぶ状景を言ってくれ』と言い」「朗読は目に見えるような感じに読んでくれました」とは、私の属する宮沢賢治研究会の機関誌「賢治研究」の初代編集長であった小沢俊郎氏の問い合わせに対し、賢治の妹クニさんが応えた言葉です。

では、この詩の調べのよろしさを具体的に辿ってみましょう。

音韻の面では、〈祭り〉—〈幟〉—〈むらがり〉、〈へり〉—〈曇り〉—〈切り〉—〈けり〉の脚韻があります。それから、〈権現〉のゴンと〈こんにゃく〉のコンが頭韻、〈穎花《はな》〉と〈稲《いな》〉が脚韻をそれぞれ踏んでいます。それから、〈朝の曇りのこんにゃやく〉では、〈曇り〉が〈こんにゃく〉の灰色に掛かる、掛詞の働きをします。

色彩の面では、第一連が祭礼の幟の〈白〉と起伏して続る丘丘の緑のコントラストであるのに対し、第二連は穎花をつけた稲田の〈青〉に、水路と蒟蒻の鈍色が配合されています。

ここで、「文語詩稿　一百篇」を綴じた表紙の裏にあった賢治自筆のメモを紹介します。

「本稿想は定まりて表現未だ定らず。／唯推敲の現状を以てその時々の定稿となす」（昭和八年八月廿二日付け）つまり、詠みたいテーマは押さえたとの確信はあるが、表現上の推敲が未だ不十分だという部類に入ることを示しています。死期が間近に迫る時期でありながら、創作に対する並々ならぬ厳しさが浮かび上がってくるようではありませんか。

## 結びに

賢治の詩作の忘れてならないもう一つの特質に、彼の宇宙的視野がありますが、紙数が足りません。ここでは、地吹雪をもたらすとされる伝承上の魔女「雪婆《ゆきば》んご」の命令一下、天空の見えない星座に向って叫ぶ「雪童子《ゆきわらす》」たちの歌を掲げるにとどめます。

「カシオピイア、／もう水仙《すゐせん》が咲き出すぞ
おまへのガラスの水車《みづぐるま》／きつきとまはせ。」
「アンドロメダ、／あぜみの花がもう咲くぞ、
おまへのラムプのアルコホル、／しゆうしゆと噴かせ。」

（童話「水仙月《すゐせんづき》の四日」より）

# 知里幸惠、萱野茂、そして、わが賢治

## （一）

二〇二二年は、知里幸惠が世を去ってからちょうど百年目だった。

彼女は、金田一京助の強い勧めにより、北海道旭川の地から離れて東京の彼の住まいに仮寓しながら、その稿を大学ノート三冊にまとめ上げた。見開きの左側にローマ字による標記を、右側に日本語訳を横書きに記したもの。その初稿の校正を終えた晩のこと、幼いころからの心臓発作が昂じて心臓麻痺を発症し、僅か十九歳でこの世を去る。しかし、その翌年、金田一京助の手で、知里幸惠編訳書として『アイヌ神謡集』（郷土出版社）が出されることとなり、巻末には金田一自身による「知里幸惠さんのこと」という一文も収められた。同書が岩波文庫（赤版）に入ったのは、戦後も大分経った一九七八年のこと。これが、私の初めて触れるアイヌ文学であった。

その序は、「その昔この広い北海道は、私たちの先祖の自由の天地でありました」と始まる。そして、この次の段落が、アイヌの四季の〈地貌〉をまざまざと描いていることにあらためて驚く。

冬の陸には林野をおおう深雪を蹴って、
天地を凍らす寒気を物ともせず山又山をふみ越えて熊を狩り、
夏の海には涼風泳ぐみどりの波、
白い鷗の歌を友に木の葉の様な小舟を浮べてひねもす魚を漁り、
花咲く春は軟らかな陽の光を浴びて、

永久に囀ずる小鳥と共に歌い暮して蕗とり蓬摘み、
紅葉の秋は野分に穂揃うすすきをわけて、
宵まで鮭とる篝も消え、
谷間に友呼ぶ鹿の音を外に、円かな月に夢を結ぶ。
嗚呼なんという楽しい生活でしょう。

（原文は横書き、ルビを省く。改行は佐藤）

アイヌとして生を享けた知里幸恵が、僅か十九歳にしてこのような美しい日本語を草することができたことに当時四十一歳の私は驚嘆し、すっかりその世界の虜になった。この結果、アイヌの精神と文化に興味を掻き立てられた私は、東京でのアイヌ古式舞踊の公演があると、出向くことが多くなった。

そのころ書店で見つけた、〈知里幸惠遺稿〉のサブタイトルを持つ『銀のしずく』（草風館刊）に挟まれてポロッと出てきたメモがある。帯広カムイウポポ保存会の演目を記したもので、①シントコサンケ（お酒つくり白湯をいただく）②ウタリオクンパレ（アイヌ民族大いに歌い踊りましょう）③シチョチョイチョイナ（豊年踊）④ク・リムセ（弓の舞）⑤ウルシ・リムセ（剣の舞）等が録されている。

（二）

ここで、アイヌの先住民族としての地位向上に邁進された萱野茂さんとの出会いにまつわる思い出を記しておきたい。

北海道の、当時の勇払郡穂別町、今は、むかわ市に属するほべつ町は鵡川の上流にある。のちに世界的大発見となる「ムカワ龍」のほぼ完全な化石が出土した地域である。それは、八六年に宮沢賢治にあやかり「北のイーハトーブ」の名乗りを上げた町でもあった。旧国鉄が民営化に移行する前夜に、撤去予定になっていた廃線の終点富内駅の駅舎と二本のプラットホーム、一キロメートルのレール、それに、信号機などの鉄道備品を保存し、町おこしの起爆剤とするために、「ほべつ銀河鉄道里づくり委員会」なる団体を立ち上げた町だ。旧駅構内に、賢治の花壇設計図の一つで〝ティアフル・アイ〟（原文は英語。「涙ぐむ目」の意）と名付けた花壇を復元させ、これをライトアップしての特設舞台を設置、毎年九月に「穂別銀河のつどい」が開催されるに至った。二〇〇一年には、同団体からの依頼で、「まつど宮沢賢治研究会」の有志六名による詩の朗読ステージをもつことに。そして、これに先立ち、二風谷の萱野茂さん訪問というサプライズが待ち受けていたのだった。

沙流川に近い、いわゆる段葺き屋根の特徴をもつチセの散在する一角。マイクロバスから下り立ち、ご挨拶だけでもとご自宅を訪れたのに、何と、奥さんが（残り飯ですがと、言いながら）、仲間たちの待機する林の中の卓に、松茸ご飯を釜ごと、それに南瓜とメイクイーンの煮物を運んで来られた。一同、大感激のうちに頂戴したのはもちろんである。

別れ際に頂いた萱野さんのサイン入りの本『アイヌの碑』（朝日文庫）が、いま手元にある。すっかり忘れていたが、サインして下さったタイトル頁に〈栄二　クユポ〉とある。その脇に「〈クユポ〉とは、〈大兄〉のように尊敬と親しみを籠めた呼び名のこと。萱野氏談」と、当時の私のメモ書きも。アイヌ初の参議院議員でもあられた人の謙譲さをあらためて思う。

私のアイヌ文化との縁の源を探ると、やはり宮沢賢治との接点が強く浮かび上がる。

（三）

童話から一例を挙げるならば、女の樺の木をめぐってハイカラ紳士気取りの狐との間で恋のさや当てを演ずる、風采の上がらない土神の物語がある。その「土神ときつね」の〈土神〉は、アイヌの神謡の一つ「谷地の魔神が自ら歌った謡」の〈谷地〉、すなわち湿地に住む神との類縁関係を見ることができる。

もう一つ、賢治の未完の短編に「サガレンと八月」がある。愛する亡妹トシの魂との交流を求めてサハリン中部の白鳥湖に到る所まで旅したと推測される彼の足跡を慕って、九四年八月、十人ほどの仲間とユジノサハリンスク（旧豊原）に四泊し、賢治の詩「オホーツク挽歌」の舞台となった栄浜の海岸を逍遥したり、ヤナギランの咲く鈴谷平原の麓まで足を伸ばしたのも、賢治の詩想にあやかりたい一心からであった。

子を三人干草に載せ馬車かろし　　映二
神謡《ユーカラ》集の稿に肉声聞く霜夜

# あとがき

「四季と折り合う」の姉妹編として、この小冊子をまとめました。俳句結社「岳」に、月一回、小エッセイを連載する機会を引き続き与えられたことから、前書と同じく、俳句・文学・美術・音楽、そして私淑する宮沢賢治の話題が中心です。

今年の元日の夕刻でした。遅い昼寝から醒めラジオのスイッチを入れた、その瞬間でした。「津波が来ます、すぐ逃げてください！ 東日本大震災を思い出してください！」と繰り返し呼び掛けるＮＨＫ第一放送の女性の張りつめた声がします。

あろうことか、能登半島地震の勃発でした。富山、新潟に住む俳句友達のことが頭を過ぎりました。三日目になって、電話で糸魚川、長岡、三条の三人と連絡をとり、中越地震の時とは違って特に被害は無いとのこと、ひとまず胸をなでおろしたことでした。

＊

昨年は、所属する俳句結社「岳」の四十五周年記念大会を二百数十人の全国の仲間たちと祝い、その翌日は、われわれ同志の永年の念願であった、宮坂静生主宰の句碑が、長野県千曲市、宮坂家ゆかりの龍洞院の敷地内に建立・除幕された記念すべき年でした。

はらわたの熱きを恃み鳥渡る　　静生

句碑は鯨潮吹きあぐる新樹海

青嶺あり黒光《こっこう》真石《まいし》句碑のあり　　映二

＊

私事ながら、昨年の七月、ダイヤモンド婚を子どもの三家族から祝福されたほか、年末には、長男勉の設計による、ささやかな句碑をわが墓所に建てることも叶い、じつに有り難い年だったとあらためて思っています。

随想「宮沢賢治の世界へのいざない」は、多摩地区現代俳句協会会報「多摩のあけぼの」が初出です。

刻んだ拙句は「一寸の光陰一寸の土筆」(句集『葛根湯』所収)です。三冊の句集の代表句を避けたのは、墓参に訪れた子や孫に、〈命を惜しめ〉との呼び掛けだと受け取って欲しい気持からです。

あと一年で米寿を迎えますが、俳句と賢治を楕円の二つの中心にして、身体の衰えを肯定しつつ、心丈夫に生きて行けたら最高だと思っています。

自分の創めた俳句誌「岳」(命名は、その師・藤田湘子)の向上のために、睡眠を削りに削って、献身的努力を重ねてこられた宮坂静生先生。先生のお誘いと励ましがなければ、旧著『四季と折り合う』と同じく、この小品集も成しえませんでした。改めて深い敬意と感謝を申し添えます。
最後になりましたが、この出版をお勧め頂き、不慣れな私をいつも辛抱強く励まして下さる社主の勝畑耕一氏、今回も貴重な相談相手となって下さった曽我貢誠氏に感謝を捧げます。

二〇二四年一月

佐藤　映二

## 著者略歴

佐藤映二（さとう　えいじ　本名・栄二）

一九三七年　福島県福島市に、父軍吉、母キミの次男として生まれる。

一九五三年　県立福島高等学校に入学。卒業時に、英語学の権威、斎藤勇にちなんだ英語賞を受賞する。

一九五七年　一橋大学経済学部入学。この年の冬、帰省した福島で、兄の本棚にあった『宮澤賢治名作選』（松田甚次郎編）を読み、宮沢賢治の人と作品に動かされる。

一九六一年　日本興業銀行（現　みずほフィナンシャルグループ）経理部に入行。

一九六三年　永沢浩子と結婚。

一九六四年　長女みのり誕生。

一九六六年　長男勉、次男治（双子）誕生。
佐藤寛著『宮沢賢治と死刑囚』に書店の売場で出会い、著者が宮沢賢治研究会理事長（当時）であることを知り、東京葛飾・金町在住の著者に書面で入会を申し込む。

一九七一年　以後、小澤俊郎、小原忠、恩田逸夫、高木栄一、続橋達雄、山﨑善次郎らの指導を仰ぐ。
一九七二年　勤務先より、欧州の銀行証券業務研修生としてドイツ、スイスに派遣され、語学研修を含め十ヶ月滞在。
一九七七年　一時帰国後、ドイツ日本興業銀行設立準備のため、再度ドイツへ。
一九八三年　ドイツより帰任。
一九八八年　詩誌「異教徒」（文治堂書店）に、W・デ・ラ・メア著の童詩集『孔雀のパイ』より数篇を訳出。
一九八九年　雑誌「俳句研究」の選者藤田湘子の選に入ったのを機に、俳句結社「鷹」に入会。（九五年に退会。）
一九九一年　俳句結社「岳」に入会。宮坂静生主宰（当時「鷹」同人会長）の勧めによる。以後、今日まで懇切な指導を仰ぐことに。
一九九三年　ローマ銀行に転出。翌年、同行東京支店上席副支店長。支店長ドナテロ・リサンティの求めに応じ、英語による俳句の交流も。
一九九六年　宮沢賢治学会イーハトーブセンター理事に就く。（九七年任期満了）
同センター宮沢賢治生誕百年祭委員会委員長。

気圏オペラ「宮沢賢治」（仙道作三作曲。台本・小十郎）上演。（小十郎は佐藤栄二の筆名）

一九九七年　ローマ銀行を定年退職。路傍舎（まつど宮沢賢治研究会）を開設。会誌「みちのベニュースレター」（のちに「銀河地人通信」と改題）を編集発行する。（二〇〇八年　通算九四号をもって終刊。ただし、会員有志による「新・銀河地人通信」（発行人　佐藤栄二）に引き継がれ、同誌も第一九号をもって終刊。）

一九九八年　国際交流基金の助成事業として、路傍舎会員三名とともに「宮沢賢治紹介の旅」。西ヨーロッパ四カ国を歴訪。

二〇〇〇年　宮沢賢治研究会会長を退き、会長を外山正に引継ぐ。

二〇〇一年　国際交流基金の助成事業として再度、「宮沢賢治紹介の旅」。東南アジア三カ国を歴訪。

二〇〇四年　日蓮宗大本山中山法華経寺にて講演「宮沢賢治のこころ」。

二〇〇五年　路傍舎主催・NPO日本朗読協会協力によりアンデルセン生誕二百年記念チャリティー公演「宮沢賢治、アンデルセンに出会う」。

二〇〇七年　NHK教育テレビ「NHK俳句」（宮坂静生講師）にゲスト出演。

二〇〇九年　まつど宮沢賢治研究会主催により公演「宮沢賢治と弟清六」。
二〇一一年　同上主催により東日本大震災チャリティー公演「宮沢賢治と高村光太郎」。
二〇一二年　四月、現代俳句協会の斡旋により、セブンカルチャークラブ綾瀬の「はじめよう俳句」の講師に。六月、〈路傍舎公演〉宮沢賢治フェスト（安曇野市　絵本美術館　森のおうち）。
二〇一八年　「岳」創立四〇周年記念大会（軽井沢プリンスホテル）。アーサー・ビナード柳田邦男ジョイント・トーク「日本語を生きる」を企画し、岩井かりんとともに司会進行を務める。
二〇一九年　ハイデルベルク大学東アジア学センターにて宮坂静生講演「『おくのほそ道』の核心―芭蕉の死生観」の後を承け、「俳句―世界で最も短い詩型の魅力とは」と題して、学生向けにミニレクチャー。
二〇二一年　第四〇回江東区芭蕉記念館時雨忌全国俳句大会にて、作品「木の根明く胎児に聴かすヴィヴァルディ」が宮坂静生選の「特選」に。
二〇二三年　五月、「岳」創立四五周年記念大会にて〈名誉雪嶺賞〉を受賞。
一一月、現代俳句全国大会にて、作品「家屋全壊梅干の壜無疵」が中村和弘選の「佳作」に。

所　属　宮沢賢治研究会顧問。
岳俳句会前同人会長。
日本文藝家協会会員。
現代俳句協会会員。
千葉県俳句作家協会参与。

著　書　句集『羅須地人』（一九九五年、花神社）
評論『宮沢賢治　交響する魂』（〇六年、蒼丘書林）
著者名は佐藤栄二
共著『修羅はよみがえった』（〇七年、宮沢賢治記念会）
同右
句集『わが海図・賢治』（一〇年、角川書店）
句集『葛根湯』（一七年、現代俳句協会）
随筆『四季と折り合う』（二〇年、文治堂書店）
訳編詩集『デ・ラ・メア詩選』（二一年、文治堂書店）
随筆『四季に寄り添う』（二四年、文治堂書店）

現住所　〒271-0092　千葉県松戸市松戸二二七四-五

四季に寄り添う
発　　行　2024年2月1日
著　　者　佐藤映二
表紙画　佐藤　勉
編　　集　勝畑耕一
発行者　曽我貢誠
発行所　文治堂書店
〒167-0021 杉並区井草2-24-15
E-mail: bunchi@pop06.odn.ne.jp
郵便振替　00180-6-116656
印刷製本　㈱いなもと印刷
稲本修一
〒300-0007 土浦市板谷6-28-8